La Grammaire

ALPHONSE JOLLY

1898

TABLE DES MATIERES

PERSONNAGES

François Caboussat, ancien négociant
Poitrinas, président de l'Académie d'Etampes
Machut, vétérinaire
Jean, domestique de Caboussat
Blanche, fille de Caboussat

La scène se passe à Arpajon, chez Caboussat.

LA GRAMMAIRE

Un salon de campagne, avec trois baies ouvertes sur un jardin. Portes latérales au premier plan. À gauche, près de la porte, un buffet. À droite, sur le devant de la scène, une table. Au fond, une autre table, sur laquelle se trouvent des tasses.

JEAN ; puis MACHUT ; puis BLANCHE

Au lever du rideau, Jean range de la vaisselle devant un buffet qui se trouve à gauche, au premier plan.

JEAN.
L'ennui de la vaisselle, quand on l'a rangée, c'est qu'il faut la déranger.
Un saladier lui échappe des mains et se casse.
MACHUT, entrant.
Pah !
JEAN.
Sacrebleu ! le saladier doré !
MACHUT.
Tu travailles bien, toi !
JEAN.
Ah ! ce n'est que le vétérinaire !… Vous m'avez fait peur.
MACHUT.
Qu'est-ce que va dire M. Caboussat, ton maître, en voyant cette fabrique de castagnettes ?
JEAN, ramassant les morceaux.
Il ne la verra pas… j'enterre les morceaux au fond du jardin… j'ai là une petite fosse… près de l'abricotier… c'est propre et gazonné.
BLANCHE, entrant par la droite, premier plan.

7

Jean ! (Apercevant Machut.) Ah ! bonjour, monsieur Machut.
MACHUT, saluant.
Mademoiselle…
BLANCHE, à Jean.
Tu n'as pas vu le saladier doré ?
JEAN, cachant les morceaux dans son tablier.
Non, mademoiselle.
BLANCHE.
Je le cherche pour y mettre des fraises.
JEAN.
Il doit être resté dans le buffet de la salle à manger.
BLANCHE.
Je vais voir… C'est étonnant, la quantité de vaisselle qui disparaît…
JEAN.
On ne casse pourtant rien…
Blanche sort par la gauche, premier plan.

SCÈNE II
JEAN, MACHUT ; PUIS CABOUSSAT

MACHUT.
Ah bien, tu as de l'aplomb, toi !
JEAN.
Dame, si elle savait que son saladier est cassé… ça lui ferait de la peine, à cette demoiselle.
MACHUT.
Ah çà ! je viens pour la vache…
JEAN.
Oh ! c'est inutile.
MACHUT.
Pourquoi ?
JEAN.
Elle est morte… Il paraît qu'elle avait avalé un petit morceau de carafe… mal enterré.
MACHUT.
Ah ! voilà ! tu ne creuses pas assez.
JEAN.
C'est vrai… mais il fait si chaud depuis un mois !
MACHUT.
Ah çà ! c'est aujourd'hui le grand jour ! ton maître doit être dans tous ses états.
JEAN.
Pourquoi ?

MACHUT.

C'est dans deux heures qu'on va élire le président du comice agricole d'Arpajon.

JEAN.

Croyez-vous que M. Caboussat soit renommé ?

MACHUT.

Je n'en doute pas. J'ai déjà bu treize verres de vin à son intention.

JEAN.

Vrai ? Eh bien, ça ne paraît pas.

MACHUT.

Je cabale pour ton maître. C'est juste, j'ai la pratique de la maison.

JEAN.

Il a un concurrent qui est malin, M. Chatfinet, un ancien avoué… Depuis un mois il ne fait que causer avec les paysans…

MACHUT.

Il fait mieux que ça. Dimanche dernier, il a été à Paris, et il en est revenu avec une cinquantaine de petits ballons rouges qui s'enlèvent tout seuls… et il les a distribués gratis aux enfants de la classe agricole.

JEAN.

Ah ! c'est très fort !

MACHUT.

Oui, mais j'ai paré le coup… j'ai répandu le bruit que les ballons attiraient la grêle… et on les a tous crevés.

JEAN.

Quel diplomate que ce père Machut !

MACHUT.

Nous ne voulons pas de Chatfinet… À bas Chatfinet ! un intrigant… qui fait venir d'Etampes son vétérinaire !

JEAN.

Ah ! voilà !

MACHUT.

Ce qu'il nous faut, c'est M. Caboussat… un homme sobre… et instruit !… car on peut dire que c'est un savant, celui-là !

JEAN.

Quant à ça… Il reste des heures entières dans son cabinet avec un livre à la main… l'œil fixe… la tête immobile… comme s'il ne comprenait pas.

MACHUT.

Il réfléchit.

JEAN.

Il creuse… (Apercevant Caboussat.) Le voici… (Montrant les morceaux du saladier.) Je vais faire comme lui, je vais creuser.

Il sort par le pan coupé de gauche.

SCÈNE III
MACHUT, CABOUSSAT
Caboussat entre par la droite, premier plan, un livre à la main et plongé dans sa lecture.

MACHUT, à part.
Il ne me voit pas… il creuse.
CABOUSSAT, lisant et à lui-même.
"NOTA.
On reconnaît mécaniquement que le participe suivi d'un infinitif est variable quand on peut tourner l'infinitif par le participe présent." (Parlé.) Il faut tourner l'infinitif par le participe… Ah ! j'en ai mal à la tête !
MACHUT, à part.
Je parie que c'est du latin… ou du grec. (Il tousse.) Hum ! hum !
CABOUSSAT, cachant son livre dans sa poche.
Ah ! c'est toi, Machut ?
MACHUT.
Je vous dérange, monsieur Caboussat ?
CABOUSSAT.
Non… je lisais… Tu viens pour la vache ?
MACHUT.
Oui… et j'ai appris l'événement.
CABOUSSAT.
Un morceau de verre… est-ce drôle ? Une vache de quatre ans.
MACHUT.
Ah ! monsieur, les vaches… ça avale du verre à tout âge… J'en ai connu une qui a mangé une éponge à laver les cabriolets… à sept ans ! Elle en est morte.
CABOUSSAT.
Ce que c'est que notre pauvre humanité !
MACHUT.
Ah çà ! j'ai à vous parler de votre élection… Ca marche.
CABOUSSAT.
Ah ! vraiment ? Ma circulaire a été goûtée ?
MACHUT.
Je vous en réponds !… On peut dire qu'elle était joliment troussée, votre circulaire ! Je compte sur une forte majorité.
CABOUSSAT.
Tant mieux ! quand cela ne serait que pour faire enrager Chatfinet, mon concurrent.
MACHUT.
Et puis, savez-vous que, nommé, pour la seconde fois, président du comice agricole d'Arpajon, vous pouvez aller loin… très loin.

CABOUSSAT.

Où ça ?

MACHUT.

Qui sait ?... Vous êtes déjà du conseil municipal... Vous deviendrez peut-être notre maire un jour !

CABOUSSAT.

Moi ? Oh ! quelle idée... D'abord, je ne suis pas ambitieux... et puis la place est occupée par M. Rognat, depuis trente-cinq ans.

MACHUT.

Raison de plus ! chacun son tour... il y a assez longtemps qu'il est là !... Entre nous, ce n'est pas un homme fort ni instruit...

CABOUSSAT.

Mais cependant...

MACHUT.

D'abord... il ne sait pas le grec...

CABOUSSAT.

Mais il n'est pas bien nécessaire de savoir le grec pour être maire d'Arpajon.

MACHUT.

Ca ne peut pas nuire... Voyez-vous, moi, je cause avec l'un et l'autre... j'entends bien des choses... et je vous prédis qu'avant peu vous ceindrez l'écharpe municipale.

CABOUSSAT.

Je ne le désire pas... je ne suis pas ambitieux... mais cependant je reconnais que, comme maire, je pourrais rendre quelques services à mon pays.

MACHUT.

Parbleu ! et vous ne vous arrêterez pas là.

CABOUSSAT.

Certainement, une fois maire...

MACHUT.

Vous deviendrez conseiller d'arrondissement.

CABOUSSAT.

Franchement, je ne m'en crois pas indigne... Et après ?

MACHUT.

Conseiller général.

CABOUSSAT.

Oh ! non, c'est trop !... Et après ?

MACHUT.

Qui sait ?... député, peut-être.

CABOUSSAT.

J'aborderais la tribune !... Et après ?

MACHUT.

Ah ! dame !... après... je ne sais pas !

CABOUSSAT, à lui-même.

Conseiller général… député ! (Se ravisant, et avec tristesse.) Mais non, ça ne se peut pas ! j'oublie que ça ne se peut pas.

MACHUT.

Mais il faut commencer par le commencement… être d'abord président du comice… J'ai vu les principaux électeurs… Ca bouillonne.

CABOUSSAT.

Ah !… ça bouillonne… Pour moi ?

MACHUT.

Tout à fait… Par exemple, il y a le père Madou qui vous en veut…

CABOUSSAT.

À moi ? Qu'est-ce que je lui ai fait ?

MACHUT.

Il vous trouve fier.

CABOUSSAT.

S'il est possible ! Je ne le rencontre pas sans lui demander des nouvelles de sa femme… à laquelle je ne m'intéresse pas du tout.

MACHUT.

Oui… vous êtes gentil pour sa femme… mais pas pour ses choux…

CABOUSSAT.

Comment ?

MACHUT.

Il en a fait un arpent pour ses vaches… Il prétend que vous êtes passé devant dix fois, et que vous ne lui avez jamais dit : "Ah ! voilà de beaux choux ! " Comme président du comice, il soutient que c'était votre devoir.

CABOUSSAT.

Ma foi ! à te parler franchement, je ne les ai pas regardés, ses choux.

MACHUT.

Faute !… faute !… Chatfinet, votre concurrent, a été plus malin, il lui a dit ce matin : « Mon Dieu ! les beaux choux ! »

CABOUSSAT.

Il a dit cela, l'intrigant ?

MACHUT.

Vous feriez bien d'aller voir le père Madou, en voisin… et de lui toucher un mot de ses choux… sans bassesse ! Je ne vous conseillerai jamais une bassesse !

CABOUSSAT.

Tout de suite ! j'y vais tout de suite ! (Appelant.) Jean !

JEAN, entrant par le pan coupé de droite.

Monsieur !

CABOUSSAT, va à Jean.

Mon chapeau neuf… dépêche-toi…

Jean sort par la porte latérale.

MACHUT.

Je vais avec vous… je vous donnerai la réplique…

JEAN, apportant le chapeau.

Voilà, monsieur.

CABOUSSAT.

Une idée… Je vais lui en demander de la graine, de ses choux.

MACHUT.

Superbe !

CHŒUR.

Caboussat, Jean, Machut.

Air d'Une femme qui bat son gendre

L'électeur est fragile,

Et pour qu'il vote bien,

Il nous faut être habile

Et ne négliger rien.

Caboussat et Machut sortent par le fond.

SCÈNE IV

JEAN ; puis POITRINAS ; puis BLANCHE

JEAN, seul.

Monsieur met son chapeau neuf pour aller chercher de la graine de choux… Quelle drôle d'idée !

POITRINAS, paraît au fond, une valise à la main, par le pan coupé gauche.

M. Caboussat, s'il vous plaît ?

JEAN, à part.

Un étranger !

POITRINAS.

Annoncez-lui M. Poitrinas, premier président de l'académie d'Etampes.

JEAN.

Il vient de sortir, mais il ne tardera pas à rentrer.

POITRINAS.

Alors, je vais l'attendre… (Lui donnant sa valise.) Débarrasse-moi de ma valise.

JEAN.

Ah ! comme ça, Monsieur va rester ici ?

Il va mettre la valise sur une chaise au fond.

POITRINAS.

Probablement.

JEAN, à part.

Bien ! Une chambre à faire !

POITRINAS.

J'apporte à mon ami Caboussat une nouvelle… considérable.

JEAN, curieux.

Ah ! laquelle ?
POITRINAS.
Ca ne te regarde pas… Comment se porte mademoiselle Blanche, sa fille ?
JEAN.
Très bien, je vous remercie…
POITRINAS.
Je ne l'ai pas beaucoup regardée quand elle est venue cet été à Etampes, cette chère enfant… Je venais de recevoir un envoi des plus précieux… une caisse de poteries, de vieux clous et autres antiquités gallo-romaines.
JEAN.
Qu'est-ce que c'est que ça ?
POITRINAS.
Mais elle m'a paru jolie et bien élevée.
JEAN.
Oh ! je vous en réponds… Un peu regardante sur la vaisselle…
POITRINAS.
Je vois que je pourrai donner suite à mes projets…
JEAN.
Quels projets ?
POITRINAS.
Ca ne te regarde pas… Dis-moi, quand on laboure dans ce pays-ci, qu'est-ce qu'on trouve ?
JEAN.
Où ça ?
POITRINAS.
Derrière la charrue.
JEAN.
Dame, on trouve des vers blancs.
POITRINAS.
Je te parle d'antiquités… de fragments gallo-romains.
JEAN.
Ah ! monsieur, nous ne connaissons pas ça.
POITRINAS.
Je profiterai de mon séjour pour faire quelques fouilles. J'ai constaté, sur ma carte des Gaules, la présence d'une voie romaine à Arpajon.
JEAN, étonné.
Oui !…
POITRINAS.
Vois-tu, moi, je suis doué… j'ai du flair… je n'ai qu'à regarder un terrain, et je dis tout de suite : « Il y a du romain là-dessous ! »
JEAN, abruti.
Oui… (À part.) Qu'est-ce que c'est que cet homme-là ?
BLANCHE, entrant par le premier plan à droite, à part.

Impossible de retrouver ce saladier.

JEAN.

Ah ! voilà Mademoiselle.

Il remonte au fond, près du buffet.

BLANCHE.

M. Poitrinas !

POITRINAS, saluant.

Mademoiselle…

BLANCHE.

Quelle bonne surprise !… et que mon père sera heureux de vous voir !

POITRINAS.

Oui… je lui apporte une nouvelle… considérable !…

BLANCHE.

M. Edmond, votre fils, n'est pas venu avec vous ?

POITRINAS.

Non, dans ce moment-ci, il est affligé d'une entorse.

BLANCHE.

Ah ! quel dommage !

POITRINAS.

C'est un peu ma faute. J'avais pratiqué des fouilles au bout du parc, sans prévenir personne… et, le soir, il est tombé dedans. (Consolé.) Mais j'ai trouvé un manche de couteau du troisième siècle.

BLANCHE.

Et c'est pour cela que vous m'avez abîmé mon danseur ?

POITRINAS.

Votre danseur ?

BLANCHE.

Mais oui ; cet été, à Etampes, M. Edmond m'invitait tous les soirs… plusieurs fois… Croyez-vous qu'il guérisse ?

POITRINAS.

C'est l'affaire de quelques jours.

BLANCHE.

Il ne boitera pas ?

POITRINAS.

Nullement… Ce serait bien dommage, car le voilà bientôt d'âge à se marier.

BLANCHE.

Ah !

POITRINAS.

Mais vous aussi, je crois…

BLANCHE.

Moi ? je ne sais pas… Papa ne m'en a pas encore parlé. (À part.) Est-ce qu'il viendrait demander ma main pour M. Edmond ?

POITRINAS.

J'aurais une petite question à vous adresser.

BLANCHE, à part :

Ah ! mon Dieu, voilà que j'ai peur !

POITRINAS.

Quand on bêche dans le jardin, qu'est-ce qu'on trouve ?

JEAN, à part.

C'est un tic.

BLANCHE.

Dame !… on trouve de la terre… des pierres…

POITRINAS, vivement.

Avec des inscriptions ?

BLANCHE.

Ah ! je ne sais pas.

POITRINAS.

Nous vérifierons cela… plus tard.

BLANCHE.

Si vous voulez passer dans votre chambre… je vais vous installer.

POITRINAS, prenant sa valise.

Volontiers.

BLANCHE.

Vos fenêtres donnent sur le jardin.

POITRINAS.

Tant mieux, j'examinerai la configuration du terrain. (À part, reniflant.) Ça sent le romain, ici !

Il entre à gauche avec Blanche.

JEAN.

Et il va coucher ici, cet homme-là ?… Il me fait peur !

Ils sortent tous les trois par le premier plan à droite, Jean le dernier.

SCÈNE V

CABOUSSAT ; puis JEAN

CABOUSSAT, paraît au fond avec un chou sous un bras et une betterave sous l'autre.

L'affaire du père Madou est arrangée. Je lui ai demandé un de ses choux… comme objet d'art… Je lui ai dit que je le mettrais dans mon salon. Il y avait là un voisin, dans son champ de betteraves, qui commençait à faire la grimace. Je ne pouvais faire moins pour lui que pour l'autre… C'est un électeur… Alors je lui ai demandé aussi une betterave… comme objet d'art… Il faut savoir prendre les masses. (Embarrassé de son chou et de sa betterave.) C'est très lourd, ces machines-là ! (Appelant.) Jean !

JEAN, entrant par le premier plan à droite.

Monsieur…

CABOUSSAT.

Débarrasse-moi de ça… tu mettras le chou dans le pot… Quant à la betterave, tu la feras cuire ; on en fait des ronds, c'est très bon dans la salade.

JEAN, à part, sortant par le fond.

Voilà Monsieur qui fait son marché maintenant.

CABOUSSAT, seul.

Tout en promenant mon chou, j'ai réfléchi à ce que m'a dit Machut… Je serais maire, le premier magistrat d'Arpajon ! puis conseiller général ! puis député !… Et après ? le portefeuille ! Qui sait ?… (Tristement.) Mais non ! ça ne se peut pas !… Je suis riche, considéré, adoré… et une chose s'oppose à mes projets… la grammaire française !… Je ne sais pas l'orthographe ! Les participes surtout, on ne sait par quel bout les prendre… tantôt ils s'accordent, tantôt ils ne s'accordent pas… quels fichus caractères ! Quand je suis embarrassé, je fais un pâté… mais ce n'est pas de l'orthographe ! Lorsque je parle, ça va très bien, ça ne se voit pas… j'évite les liaisons… À la campagne, c'est prétentieux… et dangereux… je dis : "Je suis allé… " (Il prononce sans lier l's avec l'a.) Ah ! dame, de mon temps, on ne moisissait pas dans les écoles… j'ai appris à écrire en vingt-six leçons, et à lire… je ne sais pas comment… puis je me suis lancé dans le commerce des bois de charpente… je cube, mais je ne rédige pas… (Regardant autour de lui.) Pas même les discours que je prononce… des discours étonnants !… Arpajon m'écoute la bouche ouverte… comme un imbécile !… On me croit savant… j'ai une réputation… mais grâce à qui ? Grâce à un ange…

SCÈNE VI
CABOUSSAT, BLANCHE, revenant par le premier plan à droite.

BLANCHE, paraissant.

Papa…

CABOUSSAT, à part.

Le voici ! Voici l'ange !

BLANCHE, tenant un papier.

Je te cherchais pour te remettre le discours que tu dois prononcer au comice agricole.

CABOUSSAT.

Si je suis réélu… Tu l'as revu ?

BLANCHE.

Recopié seulement.

CABOUSSAT.

Oui… comme les autres… (L'embrassant.) Ah ! chère petite… sans toi !… (Dépliant le papier.) Comment trouves-tu le commencement ?

BLANCHE.

Très beau !
CABOUSSAT, lisant.
"Messieurs et chers collègues, l'agriculture est la plus noble des professions…" (S'arrêtant.) Tiens ! tu as mis deux s à profession ?
BLANCHE.
Sans doute…
CABOUSSAT, l'embrassant.
Ah ! chère petite !… (À part.) Moi, j'avais mis un t… tout simplement. (Lisant.) "La plus noble des professions." (Parlé.) Avec deux s. (Lisant.) "J'ose le dire, celui qui n'aime pas la terre, celui dont le cœur ne bondit pas à la vue d'une charrue, celui-là ne comprend pas la richesse des nations !…" (S'arrêtant.) Tiens, tu as mis un t à nations ?
BLANCHE.
Toujours.
CABOUSSAT, l'embrassant.
Ah ! chère petite !… (À part.) Moi, j'avais mis un s tout simplement !… Les t, les s… jamais je ne pourrai retenir ça ! (Lisant.) "La richesse des nations…" (Parlé.) Avec un t…
BLANCHE, tout à coup.
Ah ! papa, tu ne sais pas ? M. Poitrinas vient d'arriver.
CABOUSSAT.
Comment ! Poitrinas d'Etampes ? (À part.) Un vrai savant, lui ! (Haut.) Où est-il, ce cher ami ?
Poitrinas paraît.

SCÈNE VII
CABOUSSAT, BLANCHE, POITRINAS

CABOUSSAT, allant vers Poitrinas.
Ah ! cher ami ! quelle heureuse visite !
Ils se serrent la main.
POITRINAS.
Il y a longtemps que je désirais explorer votre canton au point de vue archéologique.
Blanche remonte.
CABOUSSAT.
Ah ! oui, les petits pots cassés ! ça vous amuse toujours ?
POITRINAS.
Toujours ! Je voulais aussi vous parler d'une affaire… d'une grande affaire…
BLANCHE, à part.
La demande ! (Haut.) Je vous laisse… (À Poitrinas, très aimable.) J'espère, monsieur, que vous passerez quelques jours avec nous ?

POITRINAS.

Je n'ose vous le promettre… Cela dépendra de mes fouilles… Si je trouve… je reste.

BLANCHE.

Vous trouverez… espérons-le.

Elle sort, par le premier plan à droite.

SCÈNE VIII
CABOUSSAT, POITRINAS

CABOUSSAT.

N'est-ce pas qu'elle est gentille, ma petite Blanche ?

POITRINAS.

Charmante ! et c'est avec bonheur que… mais plus tard… Mon ami, je vous apporte une nouvelle… considérable !…

CABOUSSAT.

À moi ?

POITRINAS.

Vous venez d'être nommé, sur ma recommandation, membre correspondant de l'académie d'Etampes.

CABOUSSAT, à part.

Académicien !… Il me fourre dans l'Académie !

POITRINAS.

Eh bien, voilà une surprise !

CABOUSSAT.

Ah oui !… pour une surprise… Mais je ne sais vraiment si je dois accepter… j'ai de bien faibles titres.

POITRINAS.

Et vos discours ?

CABOUSSAT.

Ah ! c'est pour mes discours… Chère petite !

POITRINAS.

Et puis j'avais mon idée en vous présentant… Vous pourrez nous être fort utile.

CABOUSSAT.

Comment ?

POITRINAS.

Vous surveillerez les fouilles que je vais entreprendre dans ce pays ; vous relèverez les inscriptions latines et vous nous enverrez des rapports.

CABOUSSAT, effrayé.

En latin ?

POITRINAS, mystérieusement.

Chut !… Je soupçonne aux environs d'Arpajon la présence d'un camp de

César… N'en parlez pas !

CABOUSSAT.

Soyez tranquille !

POITRINAS.

Notre département n'en a pas… C'est peut-être le seul.

CABOUSSAT.

C'est une tâche.

POITRINAS.

Alors, j'ai fait des recherches… que je vous communiquerai… Gabius Lentulus a dû passer par ici…

CABOUSSAT.

Vraiment ?… Gabius… Lin… turlus… Vous en êtes sûr ?

POITRINAS.

Certain !… N'en parlez à personne.

Il remonte.

CABOUSSAT.

Soyez donc tranquille.

POITRINAS.

Mais je suis venu encore pour un autre motif… Mon fils Edmond a vu cet été mademoiselle Blanche à Etampes… Il a conçu pour elle un sentiment ardent mais honorable… et je profite de l'occasion de mes fouilles pour vous faire une ouverture de mariage.

CABOUSSAT.

Mon Dieu !… je ne dis pas non… mais je ne dis pas oui… Il faut que je consulte ma fille…

POITRINAS.

C'est trop juste… Edmond est un bon jeune homme, affectueux, rangé, jamais de liqueurs… excepté dans son café…

CABOUSSAT.

Le gloria…

POITRINAS.

Cent trente mille francs de dot…

CABOUSSAT.

C'est à peu près ce que je donne à Blanche.

POITRINAS.

Mais avant tout, il faut être franc… Edmond a un défaut… un défaut qui est presque un vice…

CABOUSSAT.

Ah ! diable !… lequel ?

POITRINAS.

Eh bien ! sachez… Non !… je ne suis pas !… moi, président de l'académie d'Etampes. (Lui tendant une lettre.) Tenez, lisez…

CABOUSSAT.

20

Une piquante chanson contre l'Académie ?

POITRINAS.

Une lettre qu'il m'a adressée il y a huit jours… et que je vous soumets avec confusion.

CABOUSSAT.

Vous m'effrayez !… Voyons. (Lisant.) "Mon cher papa, il faut que je te fasse un aveu dont dépend le bonheur de toute ma vie…"

POITRINAS, à part.

Dépend avec un t… le misérable !

CABOUSSAT, lisant.

"J'aime mademoiselle Blanche d'un amour insensé, depuis que je l'ai vue…"

POITRINAS, à part.

Vu… sans e !… Le régime est avant, animal !

CABOUSSAT, lisant.

"Je ne mange plus, je ne dors plus…"

POITRINAS, à part.

Dors… il écrit ça comme dorer !

CABOUSSAT, lisant.

Son image emplit ma vie et trouble mes rêves…"

POITRINAS, à part.

Rêves… r-a-i… (Haut.) C'est atroce, n'est-ce pas ?

CABOUSSAT.

Quoi ?

POITRINAS.

Enfin, je devais vous le dire ; maintenant, vous le savez.

CABOUSSAT.

Je sais qu'il adore ma fille.

POITRINAS.

Oui, mais contre toutes les règles… Voyez, décidez… Je vais faire une petite inspection dans votre jardin… il m'a semblé reconnaître un renflement de terrain… ça sent le romain… À bientôt.

Il sort par le fond.

SCÈNE IX
CABOUSSAT ; puis BLANCHE

CABOUSSAT, mettant la lettre dans sa poche.

De quel diable de défaut a-t-il voulu me parler ? (Blanche paraît habillée.) Tiens ! tu as fait toilette ?… tu vas sortir ?

BLANCHE, revenant par le premier plan à droite.

Oui, je dois, depuis longtemps, une visite à notre voisine, madame de Vercelles… C'est une famille très portée pour ton élection…je prendrai la voiture.

CABOUSSAT.

Un mot seulement… Blanche, as-tu quelquefois songé à te marier ?

BLANCHE, sournoisement.

Moi ?… Jamais, papa !

CABOUSSAT.

Enfin, s'il se présentait un parti honorable… un bon jeune homme… affectueux, rangé… jamais de liqueurs… excepté dans son café…

BLANCHE, à part.

M. Edmond !

CABOUSSAT.

Eprouverais-tu quelque répugnance ?

BLANCHE, vivement.

Oh non !… c'est-à-dire… je ferai tout ce que tu voudras.

CABOUSSAT.

Moi, je désire que tu sois heureuse… c'est bien le moins… après ce que tu fais pour moi…

BLANCHE.

Quoi donc ?

CABOUSSAT.

Eh bien… (Regardant autour de lui.) Mes discours, mes lettres…

BLANCHE, avec embarras.

Je les recopie.

CABOUSSAT.

Oui… c'est convenu… nous ne devons pas en parler… (Il l'embrasse au front.) Va… et reviens bien vite.

Blanche sort par le fond.

SCÈNE X

CABOUSSAT ; puis JEAN ; puis POITRINAS

CABOUSSAT, seul.

Ah çà ! j'ai un invité, il faut que je songe au dîner… Un académicien, ça doit aimer les petits plats… (Appelant.) Jean !

JEAN.

Monsieur ?

CABOUSSAT.

Qu'est-ce que nous avons pour dîner ?

JEAN.

Monsieur… il y a le chou… ensuite la betterave…

CABOUSSAT.

Je ne te parle pas de ça, imbécile !

JEAN.

Dame ! puisque Monsieur fait son marché lui-même… Monsieur se méfie…

POITRINAS, entrant triomphant par le fond ; il porte un fragment de cuisinière plein de terre et une vielle broche rouillée.

Je suis venu, j'ai fouillé, j'ai trouvé !

CABOUSSAT.

Qu'est-ce que c'est que ça ?

POITRINAS.

Clipeus… c'est le bouclier rond…

JEAN, bas à Caboussat.

Monsieur, c'est notre vieille cuisinière qui était percée…

CABOUSSAT.

Parbleu ! je l'ai bien reconnue !

POITRINAS, brandissant la broche.

Maintenant voici le gladium… l'épée du centurion… pièce extrêmement rare…

JEAN, bas à Caboussat.

C'est notre broche cassée…

CABOUSSAT, à part.

Cet homme-là trouverait du romain dans une allumette chimique !

Poitrinas est allé déposer les objets dont il a parlé sur la table au fond et revient au milieu.

POITRINAS, enthousiasmé.

Mon ami, j'ai découvert un tumulus au fond du jardin !

JEAN, à part, inquiet.

Comment ! au fond du jardin ?

POITRINAS.

Je suis en nage… c'est la joie… et la pioche… (À Jean.) Tu vas aller me chercher tout de suite deux sous de blanc d'Espagne… tu le passeras dans un tamis et tu me l'apporteras dans une terrine.

CABOUSSAT.

Qu'est-ce que vous voulez faire de ça ?

POITRINAS.

Je veux nettoyer ces fragments… j'espère y découvrir quelques inscriptions… (À Jean.) Va !

JEAN.

Tout de suite. (À part.) Ça, c'est un marchand de vieilles ferrailles !

Il sort.

POITRINAS, à Caboussat.

Ah ! j'oubliais… il y a un abricotier qui me gêne.

CABOUSSAT.

Où ça ?

POITRINAS.

Au fond… à gauche… Je vous demanderais la permission de l'abattre.

CABOUSSAT.

Ah non ! permettez… Il n'y a que lui qui me donne… Les abricots sont petits, mais d'un juteux…

POITRINAS.

Mon cher collègue, je vous le demande au nom de la science.

CABOUSSAT.

Ah ! du moment que c'est pour la science… je n'ai rien à lui refuser. (À part.) À elle qui me refuse tout !

POITRINAS.

Merci, merci…pour l'archéologie !… Je retourne continuer mes recherches. (Fausse sortie.) À propos, avez-vous parlé à votre fille du mariage ?

CABOUSSAT.

Je lui en ai touché un mot… la proposition n'a pas déplu.

POITRINAS.

Et le défaut, le lui avez-vous confié ?

CABOUSSAT.

Pas encore… je cherche un biais.

POITRINAS.

C'est horrible, n'est-ce pas ?…Je retourne là-bas… ça embaume le romain ! Il sort par le fond.

SCÈNE XI
CABOUSSAT ; puis MACHUT

CABOUSSAT, seul.

Il commence à m'inquiéter avec ce défaut… qui est presque un vice !… Je ne serais pourtant pas fâché de le connaître.

MACHUT, paraissant au fond, très animé et parlant à la cantonade.

C'est une calomnie… et je le prouverai !

CABOUSSAT.

Machut !… à qui en as-tu donc ?

MACHUT.

C'est M. Chatfinet, votre concurrent… qui fait courir sur mon compte un bruit infâme !

CABOUSSAT.

Un bruit… infâme ?

Il ne fait pas sentir la liaison.

MACHUT.

Il prétend que j'ai tué votre vache.

CABOUSSAT.

Mais c'est faux… puisqu'elle était morte avant ton arrivée.

MACHUT.

Eh bien, écrivez-moi ça sur un bout de papier, pour que je le confonde, cet animal-là !

CABOUSSAT.

Ecrire, moi ?... (À part.) Et ma fille qui n'est pas là ! (Haut.) Mon ami, il est des injures auxquelles un homme qui se respecte ne doit répondre que par le silence et le mépris.

MACHUT.

Oui, mais, moi, je préfère l'aplatir... Vite ! écrivez-moi un mot...

CABOUSSAT.

Tu n'y penses pas... j'aurais l'air de te donner un certificat.

MACHUT.

Précisément, voilà ce que je veux...

CABOUSSAT.

Non... je ne peux pas... c'est impossible...

MACHUT.

Comment ! vous me refusez !... vous refusez de dire la vérité ?... moi qui, depuis huit jours, piétine dans les campagnes pour vous ramasser des voix.

CABOUSSAT.

Tu as raison... ce certificat, je te le donnerai.

MACHUT.

Ah !

CABOUSSAT.

Plus tard... demain...

MACHUT.

Tout de suite... Les électeurs sont assemblés, et je veux le faire lire à tout le monde.

CABOUSSAT, à part.

À tout le monde !... Et ma fille qui n'est pas là !

MACHUT.

Il s'agit de ma réputation, de mon honneur de vétérinaire... Si je ne démens pas sur-le-champ un pareil bruit, mon état est perdu ; je suis ruiné, obligé de quitter le pays... (Avec attendrissement.) Songez que j'ai une femme et cinq enfants.

CABOUSSAT, faiblissant, à part.

Le fait est qu'il a cinq enfants...

MACHUT, confidentiellement.

Et un autre en route...

CABOUSSAT, à part.

Et un autre... en route...

MACHUT, préparant le papier sur la table.

Voyons... mettez-vous là... Il vous est si facile de griffonner deux lignes, à vous, un savant.

Il le fait passer à la table.

CABOUSSAT, s'asseyant.

Deux lignes… seulement ?

MACHUT.

"Je certifie que ma vache était déjà morte quand le sieur Machut s'est présenté chez moi…" Ce n'est pas long.

CABOUSSAT.

C'est vrai. (À part.) Après ça, en m'appliquant et en faisant des pâtés… (Il se met à la table et écrit.) "Je certifie…" (À part.) F… i… fi… non ! je crois qu'il faut un t à la fin… Ces diables de t… Bah ! je vais faire un pâté !

Il continue à écrire.

MACHUT.

Ah ! nous allons voir un peu le nez que fera M. Chatfinet !

CABOUSSAT, se levant et lui remettant le papier.

Voilà, mon ami… Il y a quelques pâtés par-ci par-là… mais j'ai une mauvaise plume.

MACHUT.

Ça n'y fait rien, avec un pareil papier, je suis tranquille…

CABOUSSAT, à part.

Oui… mais, moi, je ne le suis pas.

SCÈNE XII

LES MÊMES, BLANCHE

BLANCHE, paraissant au fond.

Me voici de retour.

CABOUSSAT.

Ah ! tu arrives bien tard… je viens d'écrire un certificat… moi-même.

BLANCHE, effrayée.

Comment ?

MACHUT, montrant le papier.

Le voici ; je vais le montrer à tout le monde.

Il met la lettre dans sa poche de redingote et cherche son chapeau.

CABOUSSAT, bas à sa fille.

Tu n'étais pas là !…

BLANCHE, bas à son père.

À tout prix, il faut ravoir cette lettre !

CABOUSSAT.

Oui, mais comment ?

BLANCHE, à part.

Elle est dans la poche de sa redingote… Oh ! quelle idée ! (Haut à Machut.) Monsieur Machut, avez-vous votre trousse, votre lancette ?

MACHUT.

Oui, pourquoi ?

BLANCHE.

Courez vite ! la jument baie vient de tomber d'un coup de sang en rentrant.
CABOUSSAT.
Ah ! mon Dieu ! la jument !… et ce matin, la vache !
MACHUT.
J'y cours… pourvu qu'on ne m'accuse pas encore…
Il remonte.
BLANCHE.
Laissez votre redingote… elle vous gênera !
MACHUT, sortant vivement.
Non, ça me retarderait.
Il sort par le pan coupé gauche.
BLANCHE.
Manqué !
CABOUSSAT.
Quoi ?… Et tu penses que ce pauvre animal…
BLANCHE.
Il se porte très bien.
CABOUSSAT.
Comment ?
BLANCHE.
Une ruse pour obliger Machut à ôter sa redingote, et pour reprendre la lettre…
CABOUSSAT.
Ah ! je comprends ! Il opère toujours en bras de chemise.
BLANCHE.
Pourvu maintenant qu'il n'aille pas trouver que la jument est malade !
CABOUSSAT.
Oh ! je suis tranquille… Machut connaît son affaire… il a une manière de regarder les bêtes dans l'œil… il leur ouvre la paupière… et il vous dit : "Ça, c'est une entorse !…"

SCÈNE XIII
LES MÊMES, MACHUT ; PUIS JEAN

MACHUT, paraissant au fond.
Voilà !… c'est fait.
CABOUSSAT.
Quoi ?
MACHUT.
Je l'ai saignée !
CABOUSSAT.
Allons, bon !
MACHUT.

Abondamment… Deux minutes de plus, l'animal était perdu.

CABOUSSAT, à part.

Et dire que, si je savais l'orthographe, on n'aurait pas saigné Cocotte !

JEAN, entrant avec une terrine pleine de blanc d'Espagne.

Voilà le blanc d'Espagne.

BLANCHE, à part.

Oh ! (Bas à Jean.) Jette tout cela sur Machut.

JEAN, étonné.

Hein ! plaît-il ?

BLANCHE, bas.

Va donc !

JEAN, à part.

Je veux bien, moi !

Il passe entre Machut et Caboussat, et renverse la terrine sur la redingote de Machut.

MACHUT.

Ah ! sapristi !

BLANCHE, marchant sur Jean.

Maladroit !

CABOUSSAT.

Imbécile !

JEAN.

Mais c'est Mam'zelle qui m'a dit…

BLANCHE.

Moi ?

CABOUSSAT.

Tais-toi, animal ! butor !

JEAN, se sauvant par la porte de droite.

Je vais chercher une brosse !

CABOUSSAT, à Machut.

Vite ! ôtez votre redingote !

MACHUT.

Merci ! ce n'est pas la peine…

BLANCHE.

Si !

CABOUSSAT, exaspéré.

Mais ôtez donc votre redingote !

Il le dépouille, aidé de sa fille.

BLANCHE, se sauvant avec la redingote.

Un coup de brosse… je reviens.

Elle sort vivement par le premier plan gauche.

SCÈNE XIV

CABOUSSAT, MACHUT ; PUIS JEAN ; PUIS POITRINAS

MACHUT.
Vraiment, c'est trop d'obligeance !… quand je pense que mademoiselle Blanche va brosser elle-même…
CABOUSSAT.
Oui, nous sommes comme ça…
MACHUT, à part.
On voit bien que c'est le jour des élections…
JEAN, entrant vivement par la porte de droite.
Voilà la brosse !
Il brosse la chemise de Machut, par inadvertance.
MACHUT, le repoussant.
Aïe ! tu me piques avec ta brosse !
POITRINAS, entrant par le fond, avec des fragments de vaisselle cachés dans un mouchoir.
Ah ! mes enfants !… quelle chance !… quelle émotion !… J'ai mis à jour un tumulus… sous l'abricotier.
JEAN, à part.
Ma cachette !
POITRINAS, tirant du mouchoir un morceau de porcelaine dorée.
Examinez d'abord ceci !
JEAN, à part.
Ah ! saperlotte ! le saladier doré !
CABOUSSAT.
Hein ! (Regardant Jean.) Mais je reconnais ça !
POITRINAS.
Le chiffre est dessus… un F et un C.
CABOUSSAT, à part.
François Caboussat.
POITRINAS.
Fabius Cunctator ! c'est signé !
CABOUSSAT, faisant de gros yeux à Jean.
Qui est-ce qui a cassé ça ?
POITRINAS.
Les Romains, parbleu !
JEAN.
C'est les Romains !… Ah ! il est embêtant, il déterre tout ce que je casse !
Il sort par le pan coupé gauche.
POITRINAS, tirant un fragment de vase nocturne.
Voici un autre fragment… Savez-vous ce que c'est que ça ?…
MACHUT, s'approchant.
Voyons… (Se reculant tout à coup.) Je connais ça.

CABOUSSAT, même jeu.

Moi aussi !… (À part.) Pourquoi nous apporte-t-il cela ici ?

POITRINAS.

Très rare ! C'est un lacrymatoire… de la décadence…

CABOUSSAT.

Ça ?… (À part.) Au fait, à quoi bon le détromper… ça lui fait plaisir…

POITRINAS.

Quand les Romains perdaient un membre de leur famille, c'est là dedans qu'ils épanchaient leur douleur…

MACHUT.

Vraiment ? Singulier peuple !

Poitrinas remonte au fond et range tous ses fragments sur le buffet.

JEAN, revenant par le pan coupé gauche, à Machut.

Voici votre redingote.

MACHUT, l'endossant.

Merci… (Se fouillant.) Ai-je bien ma lettre ? (Il la tire.) Oui, la voilà !…

CABOUSSAT, à part.

L'écriture de Blanche !… Je suis sauvé !

MACHUT.

Je vous quitte… je vais aux élections… je reviendrai vous en donner des nouvelles.

Il sort par le fond.

CABOUSSAT, bas à Jean.

À nous deux maintenant !

JEAN, craintif.

Monsieur ?

CABOUSSAT.

Ici ! ici !

JEAN, s'approchant.

Voilà !

CABOUSSAT.

M'expliqueras-tu maintenant comment le saladier doré… ?

JEAN.

Pardon… on m'attend pour fendre du bois.

Il sort vivement par le pan coupé gauche.

SCÈNE XV

CABOUSSAT, POITRINAS ; PUIS BLANCHE

POITRINAS, au fond, rangeant sur le buffet.

Un morceau de verre !… du verre !

CABOUSSAT, à part.

Bien ! ma carafe !

POITRINAS, descendant.

Et il y a des ânes qui prétendent que les Romains ne connaissaient pas le verre !… et taillé ! Je vais leur décocher un mémoire.

CABOUSSAT.

Et vous ferez bien !

POITRINAS.

Mon ami, je vous dois un des plus beaux jours de ma vie… et je veux, sans tarder, faire connaître à mes collègues… (se reprenant) à nos collègues de l'académie d'Etampes ce grand fait archéologique.

CABOUSSAT.

C'est une bonne idée.

POITRINAS.

Je vais les prier de nommer une sous-commission pour continuer les fouilles dans votre jardin.

CABOUSSAT.

Ah ! mais non !

POITRINAS.

Au nom de la science ! vite ! une plume… de l'encre !

Il passe à la table.

CABOUSSAT.

Tenez… là ! sur mon bureau.

Il l'installe à son bureau.

POITRINAS.

Ah ! vous vous servez de plumes d'oie ?…

CABOUSSAT.

Toujours ! (Avec importance.) Une habitude de quarante années !

POITRINAS.

Elle est trop fendue… Vous n'auriez pas un canif ?

CABOUSSAT, lui donnant un canif.

Si… voilà !

POITRINAS, tout en taillant sa plume.

Ah ! les Romains ne connaissaient pas le verre ! (Poussant un cri.) Aïe !

CABOUSSAT.

Quoi ?

POITRINAS.

Je me suis coupé !

CABOUSSAT.

Attendez… dans le tiroir… un chiffon… (Lui emmaillotant le doigt.) Je vais vous arranger une petite poupée… Ne bougez pas… Là… voilà ce que c'est…

POITRINAS.

Merci… Maintenant je vais vous demander un service.

CABOUSSAT.

Lequel ?
POITRINAS.
C'est de tenir la plume à ma place ; je vais dicter.
CABOUSSAT, à part.
Diable ! (Haut.) Mais… c'est que…
POITRINAS.
Quoi ?
CABOUSSAT.
Ecrire à une académie…
POITRINAS.
Puisque vous êtes membre correspondant… c'est pour correspondre…
CABOUSSAT, va s'asseoir à la table.
C'est juste ! (À part s'asseyant au bureau.) Ils ont tous la rage de me faire écrire aujourd'hui… et ma fille qui n'est pas là !
POITRINAS.
Y êtes-vous ?
CABOUSSAT.
Un moment ! (À part). Peut-être qu'avec beaucoup de pâtés…
POITRINAS, dictant.
"Messieurs et chers collègues… l'archéologie vient de s'enrichir…"
CABOUSSAT, à part.
Allons, bon ! voilà qu'il me flanque des mots difficiles… Archéologie !
POITRINAS.
Vous y êtes ?
CABOUSSAT.
Attendez… (À part.) Archéologie… est-ce q-u-é qué ? ou k-é ? Oh ! une idée !
Il prend le canif et taille sa plume.
POITRINAS, dictant.
"Vient de s'enrichir, grâce à mes infatigables travaux…"
CABOUSSAT, poussant un cri.
Aïe !
POITRINAS.
Quoi ?
CABOUSSAT.
Je me suis coupé… Donnez-moi du chiffon dans le tiroir.
Poitrinas ouvre le tiroir et y prend un chiffon.
POITRINAS.
En voilà… Attendez… je vais à mon tour…
Il lui emmaillote le doigt.
CABOUSSAT, à part, agitant son doigt emmailloté.
Ça y est !… je suis sauvé !
POITRINAS, agitant aussi son doigt.

C'est désolant… Enfin, j'écrirai demain.

CABOUSSAT.

Voulez-vous que j'appelle ma fille ? Elle rédige comme Noël et Chapsal.

POITRINAS, soupirant.

Ah ! vous êtes un heureux père, vous ! Croyez-vous qu'elle consente à accepter mon fils ?

CABOUSSAT.

Pourquoi pas ?

POITRINAS.

Excusez-moi… c'est un petit détail de ménage… mais je désirerais avoir une prompte réponse… parce qu'il y a, sur le cours, à Etampes, une maison charmante qui sera libre à la Toussaint…

CABOUSSAT.

Eh bien ?

POITRINAS.

Je la louerais pour le jeune ménage.

CABOUSSAT.

Comment ! ma fille habiterait Etampes ?

POITRINAS.

Sans doute : la femme suit son mari.

CABOUSSAT, à part.

Ah ! mais non ! ça ne me va pas ! mon orthographe serait à Etampes et moi à Arpajon ! Ça ne se peut pas !

BLANCHE, paraissant par la porte du premier plan à gauche.

Je vous dérange ?…

POITRINAS.

Je vous laisse, mademoiselle ; je viens de prier M. votre père de vous faire une communication… considérable…

BLANCHE.

Ah !

POITRINAS.

Et je serais bien heureux de vous la voir agréer.

UNE VOIX, en dehors.

Monsieur Poitrinas ! monsieur Poitrinas !

POITRINAS.

C'est votre jardinier que j'ai chargé d'un nouveau sondage sous le prunier. (Saluant Blanche.) Mademoiselle…

Il sort par le fond.

SCÈNE XVI
CABOUSSAT, BLANCHE

CABOUSSAT, à part.

Décidément ce jeune homme-là ne nous convient pas du tout… D'abord, il a un défaut… Je ne sais pas lequel… mais c'est presque un vice.

BLANCHE.

Eh bien, papa… et cette communication ?

CABOUSSAT.

Voilà ce que c'est… une bêtise… un enfantillage… Poitrinas ne s'est-il pas mis dans la tête de te marier à son fils Edmond…

BLANCHE.

Ah ! vraiment ?

CABOUSSAT.

Tu ne le connais pas… je vais te le dépeindre… Ce n'est pas un mauvais sujet… mais il est chauve, myope, petit, commun… avec un gros ventre…

BLANCHE.

Mais, papa…

CABOUSSAT.

Ce n'est pas pour t'influencer… car tu es parfaitement libre… De plus, il lui manque trois dents… par-devant.

BLANCHE.

Oh ! par exemple !

CABOUSSAT.

De plus… il a un défaut… un défaut énorme… qui est presque un vice…

BLANCHE, effrayée.

Un vice, M. Edmond !

CABOUSSAT, tirant la lettre remise par Poitrinas.

Attends ! je l'ai là ! dans ma poche… Ecoute et frémis ! (À part.) Elle trouvera peut-être le défaut, elle ! (Lisant.) "Mon cher papa, il faut que je te fasse un aveu… dont dépend le bonheur de toute ma vie… J'aime mademoiselle Blanche d'un amour insensé…"

BLANCHE, à part, touchée.

Ah ! qu'il est bon !

CABOUSSAT, lisant.

"Depuis que je l'ai vue, je ne mange plus, je ne dors plus… "

BLANCHE, à part.

Pauvre garçon !

CABOUSSAT.

Le trouves-tu ?

BLANCHE.

Non !

CABOUSSAT, à part.

Alors, c'est plus loin. (Lisant.) "Son image emplit ma vie…" (Parlé.) C'est atroce, n'est-ce pas ?

BLANCHE.

Oh ! c'est bien doux, au contraire !

CABOUSSAT.

Comment, doux ?… (Mettant vivement la lettre dans sa poche.) J'étais sûr que ce mariage ne te conviendrait pas !

BLANCHE.

Mais, papa…

SCÈNE XVII

LES MÊMES, POITRINAS, REVENANT PAR LE FOND

POITRINAS, paraissant.

On a abattu un prunier… mais il n'y avait rien dessous !

CABOUSSAT.

Mon prunier ? Que diable !…

POITRINAS, à Blanche.

En bien, mademoiselle, quelle réponse dois-je porter à mon fils ?…

BLANCHE.

Mon Dieu, monsieur…

CABOUSSAT, bas à Blanche.

Laisse-moi répondre… (À Poitrinas.) J'ai le regret, mon cher ami, de vous annoncer qu'il nous est impossible de passer par-dessus le défaut…

POITRINAS.

Je vous comprends… Je m'y attendais…

CABOUSSAT, à sa fille.

Tu vois… Monsieur s'y attendait…

POITRINAS.

Mais ne m'ôtez pas tout espoir… et promettez-moi… qu'un jour… si, par impossible, Edmond parvenait à se faire recevoir bachelier…

CABOUSSAT.

Oh ! alors !…

BLANCHE.

Bachelier ?

POITRINAS.

Nous nous comprenons… Je vais refermer ma valise et repartir immédiatement.

Il remonte.

BLANCHE, à Caboussat.

Comment !

POITRINAS, redescendant.

J'ai hâte de reporter cette mauvaise nouvelle à mon fils. (Blanche remonte à la table au premier plan et s'assied.) Mais j'ai encore une prière à vous adresser… Voulez-vous me permettre d'emporter ces fragments d'un autre âge ?

CABOUSSAT.

Faites donc !… puisque c'est cassé…

POITRINAS.

Je m'engage à les déposer au musée d'Etampes, avec cette inscription : Caboussatus Donavit.

Il a été prendre les objets sur la table du fond.

CABOUSSAT.

Vous êtes bien bon !

POITRINAS, entrant dans sa chambre.

Je vais boucler ma valise.

Il sort par la porte latérale à droite.

SCÈNE XVIII

CABOUSSAT, BLANCHE ; PUIS MACHUT ; PUIS JEAN

Blanche s'est assise devant le bureau et met ses mains devant ses yeux.

CABOUSSAT.

Allons, voilà une affaire terminée !… Es-tu contente ?… Comment ! tu pleures ?… Qu'as-tu donc ?

BLANCHE, se lève et traverse devant son père.

Je crois bien ! vous calomniez M. Edmond ! Il n'est pas myope ; il est grand, distingué, spirituel…

CABOUSSAT.

Tu le connais donc ?

BLANCHE.

Nous avons dansé ensemble cet été.

CABOUSSAT.

Ah ! diable !… et… et il ne te déplaît pas, ce jeune homme ?

BLANCHE, baissant la tête.

Pas beaucoup.

CABOUSSAT, à part.

Elle l'aime ! pauvre petite !… que j'ai fait pleurer !…

MACHUT, entrant, un bouquet à la main, par le fond.

Vous êtes nommé… Chatfinet n'a eu qu'une voix… la sienne… (Caboussat ne répond pas.) Ca n'a pas l'air de vous faire plaisir…

CABOUSSAT, préoccupé.

Si… si… beaucoup…

MACHUT.

À la bonne heure !… (Appelant.) Jean !… Je lui ai dit de préparer deux paniers de vin.

CABOUSSAT.

Pour quoi faire ?

MACHUT.

Pour arroser la classe agricole… c'est l'usage !… (Appelant.) Jean ! Jean ! du liquide !

JEAN, entrant avec deux paniers de vin par le pan coupé à droite.

Voilà, voilà ! (Bas à Machut.) J'ai fourré une bouteille de bordeaux pour les gens de la maison.

MACHUT, lui prenant un panier.

Allons ! en route !

Il sort avec Jean par le fond.

CABOUSSAT, à part.

Ma pauvre petite Blanche… il n'y a pas à hésiter.

Il s'assoit devant le bureau et prend la plume.

BLANCHE, à part, étonnée.

Comment ! il écrit !… tout seul ?

Elle s'approche doucement de son père, de façon à lire ce qu'il écrit par-dessus son épaule.

CABOUSSAT, écrivant.

"Arpajonais… je donne ma démition…"

BLANCHE.

Par exemple !

Elle prend le papier et le déchire.

CABOUSSAT.

Que fais-tu ?

BLANCHE, bas.

Démission prend deux s !

CABOUSSAT, se levant.

J'ai encore mis un t… (À part.) Je ne peux pas même donner ma démission sans ma fille. (On entend la voix de Poitrinas dans la coulisse.) Lui !

BLANCHE.

Je me retire.

CABOUSSAT.

Non… reste !

SCÈNE XIX
LES MÊMES, POITRINAS

POITRINAS, avec sa valise et ses objets.

Mon cher collègue, avant de prendre congé de vous…

CABOUSSAT, lui prenant sa valise.

Mon ami, souvent femme varie… Je viens de causer longuement avec ma fille… nous avons pesé le pour et le contre… et j'ai la satisfaction de vous apprendre qu'elle consent à épouser votre fils Edmond.

Poitrinas laisse tomber ce qu'il porte sur les pieds de Caboussat.

POITRINAS, à Blanche.

Ah ! mademoiselle ! que je suis heureux ! Je vais tout de suite louer la petite maison d'Etampes.

BLANCHE.

Quelle maison ?

CABOUSSAT, tristement.

Celle que tu vas habiter avec ton mari.

BLANCHE, à part.

Ah ! pauvre père ! et ses discours ! (Haut à Poitrinas.) Monsieur Poitrinas, il y a une condition dont mon père a oublié de vous parler.

POITRINAS.

Laquelle, mademoiselle ?

BLANCHE.

À aucun prix et sous aucun prétexte, je ne consentirai à quitter Arpajon.

CABOUSSAT, bas, serrant la main de sa fille.

Ah ! chère petite !

POITRINAS.

Je le comprends… c'est une ville si riche au point de vue archéologique… Ce ne sera pas un obstacle… nous vous demandons seulement de venir passer deux mois par an à Etampes.

BLANCHE, regardant son père.

C'est que… deux mois…

CABOUSSAT, bas à sa fille.

Accepte, je m'arrangerai. (À part.) J'ai un moyen, je me couperai… (Haut.) C'est convenu.

POITRINAS, à Blanche.

Que vous êtes bonne d'avoir bien voulu passer par-dessus le défaut d'Edmond !

BLANCHE.

Mais quel défaut ?

POITRINAS, à Caboussat.

Comment ! vous n'avez donc pas dit ?

CABOUSSAT.

Non !… le courage m'a manqué… dites-le, vous ! (À part.) Comme ça nous allons le connaître.

POITRINAS, à Blanche.

Mon fils est bon jeune homme, affectueux, rangé, jamais de liqueurs, excepté dans son café…

CABOUSSAT.

Le gloria !

POITRINAS.

Mais il n'a jamais pu faire accorder les participes.

CABOUSSAT.

Ce n'est que cela ! mais nous ne sommes pas des participes… pourvu que nous nous accordions.

BLANCHE.

D'ailleurs il suffira de quelques leçons… mon père connaît quelqu'un qui s'en chargera.

CABOUSSAT, à part.

Un élève de plus !… Elle sera la grammaire de la famille.

CHŒUR.

Air de M. Robillard

La science qui doit nous plaire

Est bien la science du cœur ;

Dans un ménage, la grammaire

N'enseigne jamais le bonheur.

RIDEAU

Printed in Great Britain
by Amazon